AF590075

LA

LETTRE ROSE

MONOLOGUE

Dit par Madame MARGUERITE CONTI

des Théâtres de la Renaissance et de l'Ambigu-Comique.

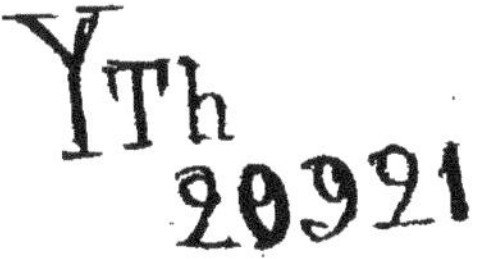

IMPRIMERIE GÉNÉRALE DE CHATILLON-SUR-SEINE, J. ROBERT.

ALPHONSE DE LAUNAY

LA LETTRE ROSE

MONOLOGUE

Dit par Mme MARGUERITE CONTI, des théâtres de la Renaissance et de l'Ambigu-Comique.

PRIX : UN FRANC

PARIS
PAUL OLLENDORFF, ÉDITEUR
28 *bis*, RUE DE RICHELIEU, 28 *bis*

1883

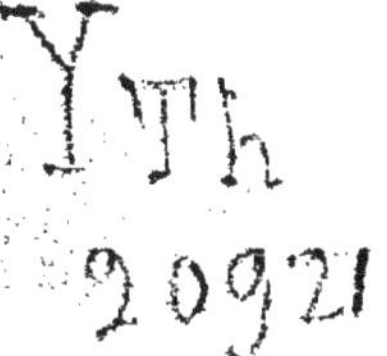

ALPHONSE DE LAUNAY

LA

LETTRE ROSE

MONOLOGUE EN VERS

dit par Madame MARGUERITE CONTI, de la Renaissance
et de l'Ambigu.

PARIS
PAUL OLLENDORFF, ÉDITEUR
28 *bis*, RUE DE RICHELIEU, 28 *bis*

1883

LA LETTRE ROSE

MADAME JEANNE DE CHAMPERTUIS.

(Elle entre en riant.)

Mon Dieu, que les maris sont bêtes!...
Elle s'arrête tout à coup, apercevant des habits noirs; très confuse:
Oh! pardon!...
Je ne vous voyais pas, messieurs!.. (riant). Je vous diffame...
Mais je me croyais seule, et, bavarde, étant femme,
Je me parlais avec un fâcheux abandon,
Me disant tout ce qui me passait par la tête...
Vous, bêtes?... Que non pas!... Quelques-uns... rarement...
Un cas... de temps en temps!... Je voulais seulement
Dire : Mon Dieu, faut-il que mon mari soit bête!...
Et, même, en vérité, « bête » est un bien gros mot!...
Il m'aime, m'obéit, ne me rend pas esclave;
Cela, c'est de l'esprit... du meilleur!... Non, Gustave
Est, comment dire?... un peu... bébête... mais pas sot!
Moi, je l'aime beaucoup; nous faisons un ménage
Excellent... si cela peut vous intéresser...

Non?... Tenez, soyez bons, laissez-moi jacasser
Et vous conter un tour!... un simple badinage!...

Elle s'assied.

Nous sommes mariés depuis bientôt trois ans.
Vous peindre le bonheur divin des premiers temps,
Je ne saurais jamais!... C'était, sans vaine emphase,
Un beau rêve sans fin, une enivrante extase
A nous faire envier par les anges du ciel!
O les beaux jours passés!... ô la lune de miel!...
Vous vous en souvenez, de ces ardentes flammes,
Des effluves d'amour des cœurs épanouis;
Les oiseaux du printemps chantaient tous dans nos âmes,
Et c'étaient des transports, des bonheurs inouïs
Pour rien, pour une main qu'on presse, pour un signe,
Pour un mot dit tout bas et qu'un baiser souligne,
Et, pour un rien aussi, de subites douleurs,
Pour un regard sévère ou bien pour une lèvre
Boudeuse, pour un pli du sourcil... cette fièvre
Enfin, où le sourire est tout voisin des pleurs.

Au public, confidentiellement.

N'est-ce pas?... Puis, le monde est ainsi fait. Tout lasse,
Sur l'horizon trop pur on appelle l'autan;
Un vilain jour, tout part, tout s'échappe, tout passe,
Les rêves, les baisers, et les bonheurs d'antan!
Adieu, poème, adieu, toutes ces choses douces,
Adieu, lunes de miel, voici les lunes rousses!...

Elle se lève.

C'était ainsi chez nous. Gaston était d'un froid!...

D'un froid à m'enrhumer!... Quand j'arrivais, sereine,
Le soir, pour l'embrasser : — Pardon, j'ai la migraine,
Chère enfant!... Moyen neuf et stratagème adroit!...
Nous la connaissons bien, la migraine opportune
Qui vient, impitoyable, au changement de lune ;
Migraine de mari qui n'est plus un amant!...
Mon Dieu, je l'embrassais pourtant bien doucement!...
Mais de ce mal soudain telle était la furie,
Qu'un souffle de la brise, un simple frôlement
Semblaient faire éclater sa tête endolorie!...

Et moi, triste, croyant tous mes bonheurs brisés,
Je refoulais mes pleurs, et gardais mes baisers!...

Mais non! J'exagérais. Ce n'était pas si grave,
J'ai conjuré le mal... et je me sens plus brave!...

Je savais, d'un ami très expérimenté,
Que l'amour s'assoupit dans une paix profonde;
Que l'immuable azur d'un calme soir d'été
Endort vite un époux mobile comme l'onde,
Et que la jalousie est utile et féconde
Pour ramener un cœur las de sérénité.
C'était le cas exact. Le moyen est facile;
Jetez un peu d'angoisse en ce cœur indocile,
Aussitôt, regrettant son coupable abandon,
Monsieur devient charmant et demande pardon.
Ainsi fera demain Gustave, je suppose...

Voilà : Depuis huit jours, au courrier du matin,

Je reçois un billet écrit sur papier rose,
Coquet et sentant bon, comme il sied pour la prose
D'un amoureux. D'un geste inquiet, incertain,
Comme s'il s'agissait d'un billet clandestin,
Je le prends, et me sauve, émue et rougissante...

Si de méchants soupçons tourmentent vos esprits,
Rassurez-vous, messieurs, je suis bien innocente!
Ces coupables billets... c'est moi qui les écris!...
Une enveloppe... et rien!... La lettre en est absente...

Gustave me regarde avec étonnement
Mais ne dit rien. Pourtant, hier, suivant ma piste,
Il arrive, croyant me prendre à l'improviste;
Je l'attendais, lisant. Il entre. Vivement
Je cache le billet; lui, prenant un air triste,
Sort, mais ne souffle mot.

Le coup avait porté.

Je le voyais songeur, inquiet, tourmenté,
N'osant m'interroger, bien qu'en sentant l'urgence...

Et moi, je savourais une sombre vengeance!

Elle s'assied.

Comme je recevais le pli mystérieux,
Ce matin, il m'a pris les deux mains dans les siennes :
— Jeanne, dit-il d'un ton doux, triste, sérieux,
Au nom de notre honneur, de tes fiertés anciennes,
Repousse loin de toi ce billet odieux!...

Eussiez-vous, cher ami, la voix d'une sirène

Et les charmes vainqueurs du bel archer Amour,
Je vous résisterais!... longtemps?... Au moins un jour!...

Il m'attire vers lui... je prends un air de reine
Et me sauve en disant : — Mon cher, j'ai la migraine!...

Ah! convenez, messieurs, que c'était bien mon tour!...

Ah! ah! le bon billet!... le joli billet rose!...

Prenant le billet dans son corsage et jouant avec lui.

Il est là, le trésor!... O message adoré,
O poème charmant d'un cœur enamouré,
Madrigal, élégie, en vers ou bien en prose!
N'est-ce pas là, vraiment, une adorable chose
Que ce roman à deux en secret dévoré?...

Eh bien! non!... Rien du tout!... Pas la moindre conquête!...
Et lui croit... Je dis bien qu'il est un peu bébête!...
Que va-t-il se loger en tête un tel souci?...
Tenez, voyez plutôt : A madame, madame
Jeanne de Champertuis...

Regardant plus attentivement la lettre et la portant près de ses yeux.

Non!... Ce n'est pas ainsi!...

Lisant.

« Monsieur, monsieur Gustave!... »

Se levant en sursaut, très agitée.

Écriture de femme!...

Tâtant la lettre.

Une lettre dedans!... Que veut dire ceci?...

Elle rompt fiévreusement le cachet. — Lisant.

« Mon bon coco chéri, le chien-chien à sa mère... »

A part.

Ah! mon Dieu!... C'est signé?...

Regardant au bas de la page.

« Cora! » Quel est ce nom?...

Lisant.

« Tu crois que je te trompe! Ah! rassure-toi! Non,
» Non, mon amour n'est pas une flamme éphémère... »

A part.

Voyons, voyons, je suis folle! J'aurai mal lu...

Regardant de nouveau l'enveloppe.

C'est bien à lui!...

Lisant.

« Gustave, ô mon cœur! mon élu!
» Moi te tromper!... Mais toi, que toute femme envie,
» A m'aimer à jamais es-tu bien résolu?... »

A part.

La coquine!...

Lisant.

« Vois-tu, je ne sais pas la vie,
» Moi, ni qu'à des serments bien folle est qui se fie...
» Mais si je dois un jour, par cruauté du sort,
» Te perdre, ah! sûrement c'est mon arrêt de mort!...
» Non! Tu ne voudras pas ainsi creuser ma tombe,
» Et qu'à ton abandon ma jeunesse succombe!... »

A part, furieuse.

Le bon billet!...

Lisant.

« Mais toi, mon cher cœur, tout d'abord,

» As-tu bientôt fini de me vanter ta femme?
» Vois-tu, je suis jalouse, et j'ai le cœur brisé
» De t'entendre exalter ce nom... divinisé...
» Elle est jeune, elle est pure, et belle, et grande dame... »

A part.

Allons, il a du bon encore, ce bigame!

Lisant.

« Et, mon chéri, vois-moi la contradiction!
» Pourquoi la trompes-tu, cette perfection?... »

A part.

Au fait, elle dit vrai, la croqueuse de pommes!...

Lisant.

« Tiens, tu ne vaux plus cher, toi non plus! Oh! les hommes!
» Tu sais pourtant quel sort je t'ai sacrifié!...
» Le trésor de mon cœur, je te l'ai confié! »

A part, avec douleur.

Mal placé, ton trésor! Le mien aussi, folie!
Et mariez-vous donc jeune, pure, jolie!

Lisant. *

« Ah! que cet amour-là m'a déjà fait pleurer!
» Tu me fais du chagrin; il faudra réparer!...
» A propos, hier, j'ai vu chez Ravaut, dans la rue
» De la Paix, tu sais bien, un croissant en brillants...
» Un rêve!... Je l'ai mis!... Des astres scintillants!...
» Mille éclairs!... — Ah! Diane en vous m'est apparue!

---

* Si des convenances l'exigent, on peut supprimer ce qui suit, jusqu'à : Pour être ainsi trompée, etc.

» M'a dit un vieux monsieur, très riche paraît-il,
» Vert encore... Il voulait me l'offrir... Lui, subtil!...
» Si le cœur t'en disait... Oh! tu sais, rien ne presse!...
» Mais quand tu voudras voir Diane chasseresse...
» Je te coûte un peu cher, n'est-ce pas, mon bon chien?
» En échange, dis-toi que je t'aime.. oh! mais ferme!...
» Merci pour le loyer!... Vrai, je n'ai pas de terme
» Pour te remercier d'avoir payé le mien!... »

Elle tombe presque affaissée sur une chaise. — Avec mépris, jetant la lettre sur la table.

Une femme qui fait des calembours atroces!...

. . . .

Pour être ainsi trompée, ô ciel! qu'avais-je fait?...
Oh! pouah!... Ces trahisons, que c'est donc vil... et laid!
Et voilà le secret des migraines féroces!...
Je crois bien qu'il disait : — Ne lis pas ce billet?

Regardant la lettre.

De mon roman d'amour, c'est le dernier feuillet!
Le premier, tout rempli de sourires, de charmes...

Tristement.

Le livre a tourné mal et finit par des larmes!...
C'est l'hiver sombre après le soleil de juillet!...

Reprenant la lettre.

L'abandon pour l'épouse, et pour... l'autre... les fêtes!...
Et je pleure!...

Se levant furieuse.

Mon Dieu! que les femmes sont bêtes!...
Mais je me vengerai! J'entre en rébellion!
Œil pour œil, dent pour dent, la loi du talion!...

Je lui veux infliger des douleurs... déchirantes!...
Quoi! j'irais succomber sous le poids du souci,
Et lui... Non! non! Je veux que l'on m'écrive aussi
Des mots passionnés, des lettres délirantes...
Je veux... je ne sais pas... mais je me vengerai!...

Réfléchissant tristement, s'asseyant.

Triste vengeance, hélas! la vengeance achetée
Avec l'opprobre lourd d'un nom déshonoré!
Allons, non, ce moyen n'est pas à ma portée!...

Agitant la lettre fiévreusement, la tournant, la retournant et enfin l'ouvrant.

Cette lettre me brûle!

Regardant le revers.

Eh mais! ce n'est pas tout!
Une page encor!... Bien! allons jusques au bout
De la douleur!... Ce n'est pas la même écriture!...

Regardant la signature.

« Gustave. » Ah! ah! voyons la nouvelle aventure...
Ce doit être, à coup sûr, d'un très piquant ragoût...

Lisant.

« Allons, ne pleure plus, ma Jeanne bien-aimée!... »

A part.

Ma Jeanne?...

Lisant.

« Cela n'est que mensonge et fumée...
» Tu t'écris des billets, je m'en écris aussi.
» J'ai voulu me venger... n'ai-je pas réussi?...
» Tu m'avais fait passer quelques heures jalouses;
» J'ai suivi ton roman... ingénieux, ma foi!
» J'étais mal inspiré; j'ai reconnu que toi,

» Ange de pureté, modèle des épouses,
» Par calcul féminin, tu créais cet émoi.
» J'ai compris le chagrin dont tu fus assiégée;
» Tu m'en veux, chère enfant, de t'avoir négligée;
» Eh bien! plus de soucis ni de pleurs superflus!
» Jeanne, pardonne-moi, je ne le ferai plus!
» Et souviens-toi qu'il n'est pas de Coras au monde
» Pour me faire oublier ta chère tête blonde
» Et tes beaux yeux profonds, par la pudeur gazés,
» Et ta lèvre de rose offerte à mes baisers!...

Moment de silence pendant lequel elle a peine à se remettre de son émotion. Elle embrasse la lettre et s'essuie les yeux.

Quel rêve!... Le malheur sous lequel l'âme ploie
Et sent venir la mort, a donc de ces réveils?...
O consolation, ô bonheurs sans pareils,
Gais espoirs renaissants, c'est Dieu qui vous envoie!...

Avec une grande émotion, entre rires et larmes.

C'est bon d'avoir pleuré! L'on ressent mieux la joie!...
Ainsi le prisonnier qui revoit les soleils!
Ah! fuyez à jamais, nuages et tempêtes.
J'entrevois rayonnant comme une étoile au ciel,
Le joyeux renouveau de la lune de miel!...

Elle va pour sortir. — A demi tournée vers le public.

Mais... qui donc avait dit que les maris sont bêtes?...

Elle sort en riant.

FIN

A LA MÊME LIBRAIRIE

L'AIGUILLEUR, monologue en vers, d'Alph. Scheler, dit par M. Worms, de la Comédie-Française. . . . . 1 «

LES BAVARDES, scène tirée du *Mercure galant*, de Boursault. . » 50

LE BIJOU PERDU, monologue en prose, par Louis Bridier et Édouard Philippe . . . . 1 »

LE BOUTON, monologue en vers, par Hixe, dit par A. Des Roseaux. . . . . 1 »

LES BRETELLES, monologue en vers, par V. Revel, dit par A. Des Roseaux . . . . 1 »

LE CANARD, monologue en prose (avec illustrations), par G. Moynet, dit par Coquelin cadet, de la Comédie-Française. . 1 50

C'EST LA FAUTE AU SILLERY! monologue en vers (avec illustrations), par Desmoulin, dit par Berthelier. 1 50

LA CHASSE, monologue comique, par E. Grenet-Dancourt, dit par Coquelin aîné, de la Comédie-Française . . . . 1 »

LA CONFESSION, duo mimique par un seul personnage, de Paul Du Crotoy et F. Galipaux, dit par F. Galipaux, du Palais-Royal 1 »

ON DEMANDE UN MINISTRE! monologue en prose, par Desvallières et Gaston Joria, dit par Mlle Thénard, de la Comédie-Française. . . . . 1 »

DÉMOCRITE (scène tirée de) de Regnard, arrangée par Coquelin aîné, de la Comédie-Française. . . . . » 50

L'ÉLECTION, monologue en vers, par Julien Berr de Turique, dit par Coquelin cadet, de la Comédie-Française . . . . 1 »

EN FAMILLE, monologue en prose (avec illustrations), par G. Moynet, dit par Coquelin cadet, de la Comédie-Française. 1 50

LES GENS! fantaisie rimée par Georges Lorin, dite par Félix Galipaux, du Palais-Royal, illustrée par Cabriol, sur papier teinté. 1 50

Sur papier de Chine. . . . . 6 »

— du Japon. . . . . 8 »

GOBART, monologue de G. Moynet . . . . 1 »

LA HALLE AUX BAISERS, de A. Melandri, illustrations de Willette. 1 50

UN HOMME A LA MER, monologue en prose, par E. Morand, dit par Coquelin cadet, de la Comédie-Française. . . . . 1 »

JE VOUS AIME! monologue en vers, par de Launay, dit par Mlle Lincelle, du Vaudeville . . . . 1 »

LES LUNETTES DE MA GRAND'MÈRE, monologue en vers, par H. Matabon, dit par Mlle Reichenberg, de la Comédie-Française. 1 »

MADAME LA COLONELLE, monologue en prose, par E. Philippe et L. Bridier. . . . . 1 »

MAMAN! naïveté en vers, par Paul Roux, dite par Mlle Marie Hamann, de l'Opéra . . . . 1 «

UN MARI, naïveté en vers, par V. Revel, dit par Mlle Maria Legault, du Vaudeville . . . . 1 »

MINET, monologue en vers, par F. Beissier, dit par E. Bonheur . . . . 1 »

MOLIÈRE, stances par Ch. Joliet, dites à la Comédie-Française par Mmes Sarah Bernhardt et Lloyd, le 15 janvier 1879, à l'occasion du 257e anniversaire de la naissance de Molière. . » 50

LE MONOLOGUE! monologue en prose, par E. Bourrelier, dit par de Féraudy, de la Comédie-Française. . . . . 1 »

LE MONOLOGUE MODERNE, par Coquelin cadet, de la Comédie-Française (avec illustrations de Loir Luigi) . . . . 2 »

UN MONSIEUR QUI N'AIME PAS LES MONOLOGUES, monologue en prose, par Georges Feydeau, dit par Coquelin cadet, de la Comédie-Française . . . . 1 »

LA MOUCHE, monologue en vers, par Emile Guiard, dit par Coquelin aîné, de la Comédie-Française, 16e édition . . . . . 1 »

LE MOUCHOIR, monologue en vers, par G. Feydeau, dit par Félix Galipaux . . . . 1 »

PARIS, monologue comique, par E. Grenet-Dancourt, dit par Coquelin cadet, de la Comédie-Française . . . . 1 »

LA PETITE CHOSE, en vers, par V. Revel, monologue dit par Mlle Réjane, du Vaudeville, et par M. Galipaux, du Palais-Royal. 1 »

LA PETITE RÉVOLTÉE, monologue en vers, par G. Feydeau, dit par mademoiselle O. d'Andor . . . . 1 »

PETIT-JEAN, par J. Truffier, à-propos en vers, dit à la Comédie-Française, par Coquelin aîné, le 12 décembre 1878, à l'occasion du 239e anniversaire de la naissance de Racine. . . 1 »

LE PIANISTE, monologue en prose, par E. Morand, dit par Coquelin cadet, de la Comédie-Française . . . . 1 »

UNE PRÉSENTATION, monologue en prose, par Mlle J. Thénard, de la Comédie-Française. . . . . 1 »

DE LA PRUDENCE! monologue en prose, par A. Guillon et A. Des R., dit par Armand Des Roseaux. . . . . 1 »

LA ROBE DE PERCALINE, monologue en vers, par J. Berr de Turique, dit par Mlle Barretta, de la Comédie-Française . . . . . 1 »

UN SCENARIO, par Mlle Thénard de la Comédie-Française. . . . 1 »

SUR LES MAINS, monologue en prose, par A. Passerieu et F. Galipaux . . . . 1 »

LE TIMBRE-POSTE, monologue en vers, par André Herman . . 1 »

TROP VIEUX! monologue en vers, par Georges Feydeau, dit par Saint-Germain, du Gymnase . . . . 1 »

UNE SOURIS, monologue en vers, par Hippolyte Matabon, lauréat de l'Académie-Française, dit par Coquelin aîné, de la Comédie-Française . . . . 1 »

LE VIN GAI, monologue en vers, par Delannoy, du Vaudeville. . 1 »

Imprimerie générale de Châtillon-sur-Seine. — J. Robert.

HISTOIRE UNIVERSELLE DU THÉATRE, par ALPHONSE ROYER, six forts volumes in-8 .... 45 fr.

L'histoire du théâtre, chez tous les peuples et dans tous les temps, c'est l'histoire des idées et des mœurs des nations, prise dans sa forme la plus vivante. Nul art n'exerce sur les esprits une aussi puissante influence que le théâtre. Il reflète la pensée dominante avec beaucoup plus de précision, et d'une manière plus saisissante et plus pittoresque que n'importe quelle institution religieuse ou civile, que n'importe quel traité de philosophie ou de morale. L'importance de l'œuvre entreprise par Alphonse ROYER, et qui vient d'être heureusement menée à fin, n'échappera à personne; nous n'avons pas besoin d'insister sur l'intérêt qu'offre cet ouvrage considérable, qui raconte les diverses évolutions du théâtre dans tous les pays, depuis l'antiquité jusqu'à nos jours. — Les tomes V et VI, qui embrassent la production dramatique européenne du XIXe siècle, et qui forment à eux seuls un ouvrage complet, se vendent séparément. Ils ont pour titre :

HISTOIRE DU THÉATRE CONTEMPORAIN en France et à l'étranger, depuis 1800 jusqu'à 1875, par Alphonse ROYER. 2 forts volumes in-8 .... 15 fr.

ALBUM DE LA COMÉDIE-FRANÇAISE, par F. FEBVRE et T. JOHNSON avec une lettre autographe de Alexandre DUMAS fils, et un frontispice par Sarah BERNHARDT, superbe publication de luxe dédiée à S. A. R. le Prince de Galles, et ornée de 26 eaux-fortes hors texte, dont 23 sont les portraits, avec autographes, des Sociétaires actuels de la Comédie-Française. 1 beau v. gr in-4 sur pap. teinté .... 25 fr.

Relié toile riche, tranches dorées .... 30 fr.

Quelques exemplaires sur papier de Hollande .... 50 fr.

Cette importante œuvre d'art est en quelque sorte l'histoire officielle de la Comédie-Française. On y trouvera les renseignements les plus complets sur l'organisation de notre première scène et la biographie détaillée de tous les sociétaires actuels. Ajoutons qu'outre l'intérêt qu'offre ce volume au point de vue de *l'histoire du théâtre*, il a encore pour les auteurs l'attrait d'un chef-d'œuvre artistique et typographique.

LE MUSÉE DE LA COMÉDIE-FRANÇAISE, par René DELORME, ouvrage honoré d'une souscription du Ministère de l'Instruction publique et du Ministère des Beaux-Arts. Un beau volume in-4 imprimé avec luxe sur papier vergé teinté-Japon et tiré à petit nombre .... 10 fr.

Quelques exemplaires sur papier de Chine .... 20 fr.

DEUXIÈME CENTENAIRE DE LA FONDATION DE LA COMÉDIE-FRANÇAISE. — *L'Impromptu de Versailles, le Bourgeois gentilhomme*, précédés de *la Maison de Molière*, à-propos en vers, par F. COPPÉE, et d'une *Etude-Préface*, par M. REGNIER, ancien sociétaire de la Comédie-Française. 1 vol. in-16, orné de deux portraits en pied de Molière, gravés par DAMMAN.

Tirage :

500 exemplaires sur papier de Hollande .... 10 fr.
25 exemplaires sur papier de Chine .... 20 fr.
25 exemplaires sur papier Whatman .... 20 fr.

LA COMÉDIE FRANÇAISE A LONDRES « 1871-1879 », *Journal inédit de* E. GOT. *Journal de* F. SARCEY. Publiés avec une introduction par G. d'HEYLLI, 1 volume in-16, sur papier vergé de Hollande.. 3 fr.

Quelques exemplaires sur papier de Chine .... 5 fr.

MÉMOIRES DE SAMSON, de la Comédie-Française. 1 vol. gr. in-18 .... 3 fr. 50

HISTOIRE DE RUY-BLAS, par Alexandre HEPP et Clément CLAMENT. In-18 .... 1 fr. 50

LA QUESTION DE L'ODÉON. Lettre à son éditeur par *** (Paul Ferrier). In-18 .... 1 fr.

IMPRIMERIE GÉNÉRALE DE CHATILLON-SUR-SEINE. — JEANNE ROBERT.

www.ingramcontent.com/pod-product-compliance
Ingram Content Group UK Ltd.
Pitfield, Milton Keynes, MK11 3LW, UK
UKHW012132240726
13965UKWH00005B/2120

9 782013 052344